AF297827

RICHARD
EN PALESTINE,

OPÉRA EN TROIS ACTES,

PAROLES DE M. PAUL FOUCHER,

Musique de M. ADOLPHE ADAM, membre de l'Institut,

DÉCORS DE MM. DIÉTERLE, SÉCHAN, DESPLÉCHIN ET CICÉRI.

DIVERTISSEMENT DE M. MAZILLIER.

———

PRIX : UN FRANC.

———

PARIS,

C. TRESSE, ÉDITEUR

DE

LA FRANCE DRAMATIQUE,

PALAIS-ROYAL, GALERIE DE CHARTRES, Nos 2 et 3,

DERRIÈRE LE THÉÂTRE-FRANÇAIS.

—

PERNIN, LIBRAIRE,

BOULEVART SAINT MARTIN, No 3 ter.

PRÈS LA RUE DU TEMPPLE.

—

1844.

RICHARD EN PALESTINE,

OPÉRA EN TROIS ACTES,

PAROLES DE M. PAUL FOUCHER,

Musique de M. ADOLPHE ADAM, membre de l'Institut,

**Décoration du premier et troisième acte, de MM. DIÉTERLE, SÉCHAN et DESPLÉCHIN,
du deuxième acte de M. CICÉRI,**

Représenté pour la première fois, à Paris, sur le théâtre de l'Académie-Royale-de-Musique,
le 7 octobre 1844.

Personnages.	*Acteurs.*
RICHARD, roi d'Angleterre.	M. BAROILHET.
BÉRENGÈRE, sa femme.	Mmes DORUS GRAS.
ÉDITH PLANTAGENET, cousine de Richard.	MÉQUILLET.
ISMAEL, guerrier arabe.	MM. LEVASSEUR.
KENNETH, chevalier écossais.	MARIÉ.

SOLDATS CROISÉS, ALLEMANDS ET ANGLAIS.
DAMES ET DEMOISELLES de la suite de Bérengère.

PERSONNAGES DE LA DANSE. — *Premier acte.*

SIX CHEVALIERS.

MM. Renauzy, Fromage, Lenoir, Feltis, Darcourt, Jossel.

PAGES.

Mmes Pésée, Lenoir, Biot, Maréchalle, Laurent 2me, Faure.

DAMES D'HONNEUR.

Mmes Duménil, Rosa.

CORYPHÉES DU CHANT.

CHŒURS.

Division du chant du premier acte.

CHEVALIERS ANGLAIS.

Premiers ténors. — MM. Laussel, Monneron, Debarge, Chazotte, Laforge.

Deuxièmes ténors. — MM. Couteau, Louvergne, Marin, Foy, Sarniguet, Eliot.

Premières basses. — MM. Duclos, Hano, Montmaud, Delahaye 2e, Hurpin.

Deuxièmes Basses. — MM. Doutreleau, Menond, Nathan, Eugène, Marjollet, Mège.

CHEVALIERS ALLEMANDS.

Premiers ténors. — MM. Picardat, Gousson, Laissement, Cresson, Desdet.

Deuxièmes ténors. — MM. Dauger, Cognet, Menard, Olen, Robert, Cajani, Donzel.

Premières basses. — MM. Ducauroy, Hens, Delahaye 1er, Ducellier, Soler.

Deuxièmes basses. — MM. Goyon, Esmery, Georget, Montamat, Hersent, Hennon.

FINALE.

CHEVALIERS ANGLAIS.

Tous ces messieurs des chœurs. (Voyez ci-dessus.)

DAMES NOBLES.

Premiers dessus. — Mmes Sèvres, Proche, Duclos, Courtois, Fontaine, Mariette, Hirschler,

Pausard, Remy, Lemarre, Leroux, Garda, Guillaumot, Lechesne, Octavie, Marcus, Adam.

Deuxièmes dessus. — Mmes Laurent, Bouvenne, Ingrand, Baron, Villers Bournay, Tuffaut, Gouffier, Vaillant, Florentin, Jacques, Marix, Ernest, Coletti, Dimier, Weille.

ENFANS du CHANT.

Lutz, Serène, Emelin, Nicole, Poissou, Grizi.

2e acte. — *Dames de la suite de la reine.*

PETIT CHOEUR.

CORYPHÉES.

Premiers dessus. — Mmes Duclos, Remy, Guillaumot.

Deuxièmes dessus. — Mmes Bouvenne, Baron.

CHOEUR.

Premiers dessus. — Mmes Courtois, Pausard, Leroux.

Deuxièmes dessus. — Mmes Tuffaut, Vaillant, Jacques.

Troisièmes dessus. — Mmes Ingrand, Florentin, Marix, Dimier.

FINALE.

Chevaliers anglais. (Voyez 1er acte.)
Dames nobles. (Voyez 1er acte.)

Troisième acte.

Mêmes divisions qu'au 2e acte.

ACTE PREMIER.

Le camp des Croisés. — Au premier plan, la tente de Richard. — Au fond, le mont Saint-Georges, qui domine le camp. — Dans le lointain, la mer et la ville d'Ascalon.

SCÈNE I.

INTRODUCTION.

KENNETH, Soldats anglais, devant la tente de Richard et dans une attitude de prière.

CHOEUR.

Silence, amis! le ciel propice
De notre roi calme les maux!
Que le salut, sainte justice!
Naisse pour lui de ce repos!

KENNETH.

De tes soldats, mon Dieu, la gloire et l'espérance
Richard, faible et gisant, t'implore par nos voix;
Pitié pour ce héros, vaincu par la souffrance,
Vaincu pour la première fois!

CHOEUR.

Silence, ami! le ciel propice, etc.
(On entend dans la coulisse la ritournelle d'un chœur joyeux.)

KENNETH.

Quelle joie insultante,
En ces tristes momens,
Profane les abords de cette noble tente?

CHOEUR DES ANGLAIS.

De Léopold ce sont les Allemands!

SCÈNE II.

KENNETH, Soldats anglais, Soldats allemands.

CHOEUR DES ALLEMANDS.

Quand la guerre
Meurtrière
Se diffère
Pour un jour,
Pour mieux croire
A la gloire,
Il faut boire
A l'amour!
Le martyre
Nous inspire,
Nous attire
Au saint lieu!
Qu'à la vie
Qu'on oublie
La folie
Dise adieu!

KENNETH.

Silence! et respectez le sommeil de mon maître!

CHOEUR DES ALLEMANDS.

Il n'est pas notre roi!.. Que nous importe à nous!
Son pouvoir, nul de nous ne veut le reconnaître!
Oui, c'en est trop! toujours son étendard jaloux
Sur les nôtres du pas usurpe l'avantage!

KENNETH.

Son étendard en prit l'habitude aux combats;
Et cet honneur, son glorieux partage,
Vos cris à ce héros ne l'enlèveront pas!...
Ah! par pitié pour vous-mêmes, silence!
Ne réveillez pas le Lion!...

CHOEUR DES ALLEMANDS.

Qu'importe! Il va mourir!...

KENNETH.

Ah! de tant d'insolence
A ses soldats, du moins, tous vous rendrez raison!
(Il met la main à son épée; les autres l'imitent. — Ils sont prêts à en venir aux mains; Ismaël paraît.)

SCÈNE III.

LES MÊMES, ISMAEL.

ISMAEL.

Arrêtez! Richard seul vengera son outrage!
Il vit, il est sauvé!

KENNETH.

Ciel! que vois-je!

ISMAEL.

Ismaël
Vint porter, quand la trève enchaîna son courage
A l'ennemi souffrant un secours fraternel.

AIR.

Quand Saladin dans un sauvage empire
A fait régner la paix et l'amitié,
Les fiers chrétiens, qu'égare un vain délire,
Même à leur gloire insultent sans pitié!
Respect aux maux
De ce héros!
Son ennemi le défend et l'admire.
Sa patrie est partout où flottent des drapeaux!
Le Croyant en silence
Va s'armer pour Allah!
Le chrétien qui s'élance,
Proclame Jéhovah.
Mais par le cœur tous les braves sont frères;
Sanglans encore, au sortir des combats,
Leur nobles bras s'enlacent sans colères
Et sur leurs mains le sang ne tache pas.

KENNETH.
Le roi vivra?... Courons à sa tente...
ISMAEL.
Il repose!...
Grâce à mon art, ce sommeil est en lui
Du salut, à la fois, et le signe et la cause !
Que votre joie encor le respecte aujourd'hui.
CHŒUR.
LES ALLEMANDS.
Puisqu'à leurs vœux le ciel propice
D'un roi maudit calme les maux,
A ma vengeance une autre lice
Bientôt rendra ces fiers rivaux.
KENNETH et LES ÉCOSSAIS.
Silence, amis ! le ciel propice
De notre roi calme les maux
Et le salut, sainte justice !
Pour lui naîtra de ce repos.
(Les Allemands se retirent. — Les Anglais sortent
d'un autre côté. — Fin de l'introduction.)

SCENE IV.

ISMAEL, KENNETH.

KENNETH, lui tendant la main.
Toi que je rencontrai...
ISMAEL.
Le palmier solitaire
Aux sources du désert me vit boire avec toi
Avant que mon savoir, béni sur cette terre,
Protégeât les jours de ton roi.
Jeté seul sur ces bords, de ta marche inquiète
Dis-moi la fin?...
KENNETH.
J'arrive à peine dans ces lieux.
Un combat m'attendait, sauvé de la tempête !
Près d'Engaddi qu'habite un saint anachorète,
De pèlerines, à mes yeux,
Dans le désert s'arrête un essaim gracieux.
Le More les attaque...
ISMAEL.
A cette lâche audace,
Allah ni Saladin, crois-moi, ne feront grâce !
KENNETH.
Mon bras, guidé par le Seigneur,
Des pieuses beautés a pu sauver l'honneur !
L'une d'elles d'effroi s'était évanouie...
Qu'elle me parut belle en retrouvant la vie !
ISMAEL.
Ce trouble... je comprends... tu l'aimes ?
(Mouvement de Kenneth.)
Je le crains...
Parmi tant de dangers, cet amour est peut-être
Le plus grand...
KENNETH.
Que dis-tu ?

ISMAEL.
Connais-tu les destins
De celle qu'à tes yeux le sort fit apparaître ?
KENNETH, tirant un anneau de sa ceinture.
Un indice en mes mains est resté jusqu'ici ;
Un anneau précieux qu'au lieu du combat même,
En s'éloignant, laissa celle que j'aime.
ISMAEL.
Ah ! plus de doute !...
KENNETH.
Oh ! ciel ! tu connais ?
ISMAEL.
Les voici !

SCENE V.

LES MÊMES, BÉRENGÈRE, ÉDITH, SOLDATS.

ISMAEL.
La reine Bérengère et sa noble cousine,
Édith Plantagenet...
KENNETH.
La cousine du roi !...
C'est elle que j'aimais !... Malheur ! malheur sur
[moi !...
BÉRENGÈRE, légère et railleuse, à Édith, en montrant
Kenneth.
Édith, quel trouble vous domine
A son aspect ?
ÉDITH.
Madame !...
BÉRENGÈRE, s'avançant vers Kenneth et Ismaël.
Attendez, en ce jour,
Toute faveur du roi, de sa reconnaissance,
(A Kenneth.)
Vous dont le bras au loin a pris notre défense,
(A Ismaël.)
Vous qui rendez ici Richard à notre amour.
(La tente de Richard s'ouvre.)
Mais, entouré des siens, mon noble époux arrive,
Des brises d'Occident il vient sur cette rive
Respirer le souffle attiédi.
Les pèlerines d'Engaddi
Vont du noble Kenneth, lui signaler le zèle.
(Elle remonte au devant du roi.)
ISMAEL, avec étonnement.
Toi, Kenneth... ta patrie?
KENNETH.
Est l'Écosse.
ISMAEL.
Il suffit.
Hors du camp des chrétiens la prière m'appelle ;
Mais viens me retrouver...
KENNETH.
Quel mystère ?
ISMAEL, avec autorité.
J'ai dit.

SCÈNE VI.

LES MÊMES, excepté ISMAEL, LE ROI, entouré de
ses barons, SOLDATS ANGLAIS.

LE ROI.

Arrêtons-nous , compagnons de victoire !
Laissez à mes regards contempler cette mer
    Qui , nous emportant vers la gloire,
A la patrie, hélas ! nous arrachait hier.

CANTABILE.

    Air pur, qui viens de la patrie,
    Que ta brise, parfum sauveur,
    A mon âme, long-temps flétrie,
    Rende la force et la ferveur.
    De mes beaux jours, de mon enfance,
    Rapporte-moi le souvenir :
    Dis-moi qu'au loin sur mon absence
    De nobles cœurs doivent gémir.
    Oui, que ton souffle, ô noble terre,
    Jusqu'à Richard vienne à sa voix !
    Donne à ton fils, ô douce mère,
    La vie une seconde fois !

BÉRENGÈRE, désignant Kenneth.

A son époux Bérengère présente
Son courageux sauveur !...

LE ROI.
           Honneur ! honneur à lui !
Bravant de mes rivaux la rage renaissante ,
Son bras m'a su défendre, ici même, aujourd'hui!
    (A Kenneth, avec un mouvement affectueux.)
Ton roi s'en souviendra...

    (A ses barons.)
          D'une si basse envie
Je sais quels ennemis doit punir ma valeur.
Qu'ils sachent, quand le ciel à Richard rend la vie,
Que c'est lui rendre aussi le triomphe et l'hon-
                    [neur !
(Richard sort suivi de ses barons et des soldats anglais.
— Kenneth reste, sur un signe de la reine.)

SCÈNE VII.

KENNETH, BÉRENGÈRE, ÉDITH.

BÉRENGÈRE.

A son libérateur Édith n'a rien à dire?

KENNETH.

De vous donner mon sang j'eusse été trop heureux!

BÉRENGÈRE.

Pour chevalier, Édith , il faut élire
    Ce défenseur si généreux ;
(Avec un accent malicieux.)
    Ce choix déplaît-il à votre âme ?

ÉDITH , grave et avec une émotion contenue.

Un chevalier est presque un fiancé !
Et des Plantagenet la fille prend, madame,
Pour chevalier, un prince à sa hauteur placé.

De mon libérateur j'accueille la présence
Par mes vœux , que pour lui doit exaucer le ciel.
Mais entre nous, ainsi que ma reconnaissance,
    Que cet adieu soit éternel.
    (Elle salue Kenneth et la reine, et sort.)

SCÈNE VIII.

KENNETH, BÉRENGÈRE.

KENNETH, tristement.

A la princesse Édith veuillez rendre, madame,
Cet anneau qu'au désert j'ai trouvé sur ses pas !

BÉRENGÈRE, refusant l'anneau.

Vous la reverrez...

KENNETH.
          Non ; s'il ne faut pas la défendre,
Si son vœu tout-puissant ne réclame mon bras !
    (La reine prend l'anneau.)

DUO.

BÉRENGÈRE.

En votre cœur lorsqu'étouffée ,
L'espérance semble mourir,
Le doux pouvoir de quelque fée
Va peut-être vous secourir.

KENNETH.

Toute espérance est étouffée ,
Plus de courage, il faut mourir !
Dans mon malheur, aucune fée
Ne peut, hélas ! me secourir.

BÉRENGÈRE.   [dente.

La fée !... Eh bien ! c'est moi, de vos maux confi-

KENNETH.

Ah ! je tremble déjà, rien qu'à les révéler !

BÉRENGÈRE.

Au pays d'où je viens, dans cette Espagne ardente,
Ni rois, ni chevaliers jamais n'ont su trembler !
    Dans ma folle patrie ,
    Par les amans chérie,
    De la chevalerie
    Les droits sont triomphans.
    A l'ardeur éternelle
    D'un preux noble et fidèle
    Il n'est rien de rebelle ,
    Ni dames, ni géans.
    Leur vaillante présence
    Délivre l'innocence
    Trop rarement, je pense !
    Et sauvent son honneur !
    Et leurs mains toujours sûres ,
    Cherchant les aventures,
    Parmi tant de captures
    Rencontrent le bonheur !

KENNETH.

Mais tous ces chevaliers, dont vos bontés royales
    M'offrent l'exemple fortuné ,
Étaient de haut lignage...

BÉRENGÈRE.
Et vous ?...
KENNETH.
Les lois fatales
Du destin qui m'a condamné,
Ont, hélas ! loin de ma famille
Exilé mon berceau perdu !
Sur mon armure en deuil nul écusson ne brille,
Et j'ignore quel sang mes veines ont reçu.

Pauvre orphelin, jeté sur la terre,
De mes douleurs je traîne le fardeau !
Sur le chemin, pour moi pas de prière,
Pas un regret pour me suivre au tombeau.
BÉRENGÈRE.
Pauvre orphelin, exilé sur la terre,
De ses douleurs il traîne le fardeau,
Prenons pitié de sa douleur amère.
Ah ! qu'il espère un avenir plus beau.   [mes
Eh mais! tant de malheur prêtent de nouveaux char-
Au chevalier de deuil environné,   [larmes.
Nos cœurs sont désarmés quand s'échappent nos
D'un si tendre intérêt souvent l'amour est né...
Ce soir, venez, sous ma royale tente,
De vos douleurs achever le récit !...
KENNETH, à part, avec élan.
Ce soir, je la verrai...
BÉRENGÈRE.
Dans votre âme constante
Non, plus de désespoir... on vous l'a déjà dit !

Dans ma folle patrie,
Par les amans chérie,
De la chevalerie
Les droits sont tout puissans.
A l'ardeur éternelle
D'un chevalier fidèle
Il n'est rien de rebelle,
Ni dame, ni géans.
Leur vaillante présence
Délivre l'innocence
Trop rarement, je pense !
Et sauvent son honneur !
Et leurs mains toujours sûres,
Cherchant les aventures,
Parmi tant de captures
Rencontrent le bonheur !

SCÈNE IX.

LES MÊMES, LE ROI, BARONS, CHEVALIERS,
SOLDATS, DAMES de la suite de la reine.

LE ROI.
Ils ont revu Richard, leur insolente audace
N'osera plus lui disputer sa place.
Oui, dans ce jour suprême on me reconnaîtra.
FINALE.
Que sur le mont Saint-George on plante ma ban-
Au gré du vent sa flamme altière   [nière,

A tous, chrétien ou More, enfin commandera.
(On apporte la bannière aux armes d'Angleterre.)
Il lui faut un gardien !... De ce péril insigne
Quel chevalier aujourd'hui sera digne?
LE CHŒUR.
Sire ! nous sommes prêts...
LE ROI, à Kenneth.
Tu sauvas mon bonheur...
(Il montre Bérengère.)
C'est à toi de défendre aujourd'hui mon honneur.
BÉRENGÈRE, à part.
Quel fâcheux contre-temps !...
LE ROI.
Tu veilleras sans cesse
Auprès du dépôt précieux ;
Que la mort des combats seule y ferme tes yeux.
KENNETH, à part, avec douleur, après s'être incliné
devant le roi.
Oh ! ne pas voir Édith !... N'importe !...
(Haut.)
A ma promesse
Le roi peut se fier aujourd'hui...
BÉRENGÈRE, à part et railleuse.
Si je veux !
KENNETH.
Sur l'honneur, sur ma vie, au ciel même espérée,
Du poste glorieux disputant les abords,
Sire, je défendrai ta bannière sacrée,   [corps !
Vivant, d'un bras vainqueur, et mourant, de mon
LE ROI.
A ta main aguerrie,
Je livre sans effroi
L'honneur de la patrie,
Et celui de ton roi.

Tous les rivaux, ô ma bannière,
Qu'ils soient pour toi, des ennemis !
Oui, ta flamme brillante et fière,
Dominera ce camp soumis.
Du triomphe que tu révèles,
Prends pour témoins deux univers,
Et la première, aux infidèles
Jette l'effroi du haut des airs !...
KENNETH et LE CHŒUR.
Tous les rivaux, noble bannière,
Qu'ils soient pour toi des ennemis !
Que ta flamme brillante et fière,
Domine enfin ce camp soumis.
Du triomphe que tu révèles,
Prends pour témoins deux univers,
Et la première, aux infidèles
Jette l'effroi du haut des airs.
BÉRENGÈRE.
Oui, qu'à leur gré pour leur bannière,
Tous les rivaux soient ennemis!
Et qu'aujourd'hui, brillante et fière,
Elle domine un camp soumis !
Mais courbez-vous devant les belles,
Puissans vainqueurs de l'univers,
Et qu'à leur tour les plus rebelles
En esclaves portent nos fers !

DEUXIÈME ACTE.

La tente de la reine Bérengère. — Intérieur gracieux.

SCÈNE I.

(Au lever du rideau les femmes de Bérengère, les unes travaillant, les autres debout, forment un tableau.)

FEMMES de Bérengère, puis BÉRENGÈRE et ÉDITH.

CHOEUR.

Rive enchanteresse,
Terre où Dieu, jadis,
Trouva la richesse
De son paradis,
Oubliant la guerre
Et ses maux affreux,
D'une paix bien chère
Contemple les jeux.

BÉRENGÈRE, entrant.

AIR.

Venez, entourez-moi, mes compagnes chéries,
Je retrouve un époux, et vous un noble appui,
Différentes de rangs, ainsi que de patries,
Le ciel par le bonheur nous fait sœurs aujourd'hui.

Que seule ici, sous cette tente,
Règne une Cour d'amour, tribunal gracieux,
Que ses arrêts légers, sa justice innocente
Charment tous les loisirs de notre exil pieux.

De l'amour, noble flamme,
Célébrons le pouvoir,
Et qu'il soit dans notre âme
Une ivresse, un devoir !
A la belle inhumaine
Arrachons un aveu,
En secret de sa peine
Exauçons le doux vœu.
Que le prix des victoires
Soit un jour le bonheur !
Unissons ces deux gloires,
La beauté, la valeur...
(Apercevant Édith.)
Édith !
(A un page.)
Pars et reviens... et surtout du mystère.
(A Édith.)
Salut, fière princesse...

ÉDITH.

O reine, épargnez-moi.

BÉRENGÈRE, toujours avec une colère gaie.
Non, je saurai dompter cet orgueil si sévère,
Qui, pour de doux penchans, n'a ni pitié ni foi.

DUETTO.

BÉRENGÈRE, à Édith.
Vous le croyez... bravant les belles,
A leurs désirs, à leur pouvoir
Les chevaliers se font rebelles,
Pour n'écouter que le devoir ?

ÉDITH.
Oui, je le crois, bravant les belles,
A leurs désirs, à leur pouvoir
Les chevaliers se font rebelles,
Pour n'écouter que le devoir.

BÉRENGÈRE.
Mais pourtant quelques unes
Portent pour leurs amans,
Sous leurs paupières brunes,
De bien doux talismans !

ÉDITH.
D'une flamme importune
Un brave est triomphant !
D'une lâche infortune
Son honneur le défend.

BÉRENGÈRE.
A l'amour tout s'immole,
Abjurez votre erreur.

ÉDITH, avec énergie.
A l'honneur tout s'immole,
(A part, et douloureusement.)
Je l'éprouve en mon cœur !

BÉRENGÈRE.
L'amour est une Idole,
Des Dieux il est vainqueur.

ÉDITH.
Ah ! dans un noble cœur,
J'engage ma parole
Que tout cède à l'honneur !...

BÉRENGÈRE.
Votre gageure folle,
Punira votre erreur !

ENSEMBLE.

ÉDITH.
Oui, je le crois, bravant les belles,
A leurs désirs, à leur pouvoir
Les chevaliers se font rebelles,
Pour n'écouter que le devoir.

BÉRENGÈRE.
Non, non, jamais, bravant les belles,
A leurs désirs, à leur pouvoir
Les chevaliers ne sont rebelles,
Pour n'écouter que le devoir.

(A la fin du duo, le page est venu parler bas à Bérengère.)

BÉRENGÈRE.
Grâce à vous-même, Édith, se perd votre gageure.
ÉDITH.
Que dites-vous ?...
BÉRENGÈRE.
Qui ne l'eût emporté,
Ayant pour complice trop sûre
La puissance de la beauté ?
Le chevalier Kenneth, à vos ordres fidèle,
Il va venir !
ÉDITH.
Et qui l'appelle ?
BÉRENGÈRE.
C'est vous, c'est votre anneau qu'on offre à son
ÉDITH, avec anxiété.   [regard.
Vous ! ô ciel ! exposer la gloire
D'un brave soldat de Richard !
BÉRENGÈRE.
Ce soir de ses malheurs il me devait l'histoire.
Il me l'eût refusée, et vous l'accorde à vous !...
ÉDITH.
Au gré d'un caprice frivole,
Ainsi donc une reine immole
L'honneur d'une parente ?...
BÉRENGÈRE.
Ah ! votre orgueil jaloux,
D'un jeu s'alarme-t-il d'avance ?...
ÉDITH.
Un jeu fait quelquefois plus de mal qu'on ne
BÉRENGÈRE.   [pense.
Mais à tort, quand il aime, un cœur se trouble
Édith, avouez ?...   [aussi.
ÉDITH.
Non ! car il n'est dans mon âme
Aucun trouble... Kenneth ne viendra pas, madame,
Il restera fidèle au devoir...
BÉRENGÈRE.
Le voici.

SCÈNE II.

KENNETH, ÉDITH, BÉRENGÈRE.

TRIO ET FINALE.

KENNETH.
Ciel !... que vois-je !... Tout est tranquille,
Et nul danger ne la poursuit...
Par quel mystère, en cet asile,
Malgré l'honneur m'a-t-on conduit ?
BÉRENGÈRE, regardant Édith.
Son chevalier dans cet asile,
Arrive enfin par moi conduit ;
Ce cœur si fier, ce cœur tranquille,
Trahit l'amour qui l'a séduit.
ÉDITH.
Oui, c'en est fait, et trop docile
A ce pouvoir qui l'a séduit,

Grâce à mon nom, dans cet asile
Malgré l'honneur on l'a conduit.
KENNETH, montrant l'anneau.
Pardonnez ma présence ; on m'avait osé dire
Qu'en danger toutes deux...
ÉDITH.
Pour vous est le danger.
Contre votre devoir un jeu cruel conspire.
Retournez au drapeau qu'il vous faut protéger.
KENNETH.
Vous ne m'appeliez point !... Sur moi votre pensée,
Je devais le prévoir, ne s'est point abaissée...
Et j'ai quitté mon poste !...
BÉRENGÈRE.
Ah ! calmez-vous !... Richard
Ne saura rien ; allez reprendre votre place
Au poste que rien ne menace.
Un doux espoir, pour votre part,
Suivra cette nuit folle... Allez...
(Kenneth va s'éloigner, Ismaël soulève le rideau de
la tente.)

SCÈNE III.

LES MÊMES, ISMAEL.

ISMAEL.
Il est trop tard !
Des traîtres, que la nuit entourait de mystère,
Ont brisé, foulé sous leurs pas
L'étendard sans défense, outragé l'Angleterre.
Tremblez !... voici Richard, qui ne pardonne pas !

SCÈNE IV.

LES MÊMES, puis LE ROI, BARONS, CHEVALIERS, DAMES de la suite de la reine.

CHOEUR.

O douleur ! nuit déplorable !
Notre roi, notre seigneur,
Sans pitié, sur le coupable,
Va venger son déshonneur !
(Un bruit terrible précède, dans l'orchestre, l'arrivée
de Richard. Des pages entrent en désordre, fuyant
la colère aveugle du roi. Il paraît enfin, suivi de ses
barons ; il est pâle, à demi vêtu, les cheveux épars.
D'une main il tient la bannière brisée et souillée.)
LE ROI, apercevant Kenneth.
Le voici donc !... Enfin, rien ne peut le soustraire
Au courroux de Richard, à cette juste mort !...
(A Kenneth.)
Dieu te prenne en pitié !
KENNETH, avec calme.
Frappez donc.

Le roi prend dans les mains d'un soldat une masse
d'armes et la lève sur Kenneth. Bérengère pousse
un cri. Édith fait un mouvement pour se préci-
piter au devant du coup. Ismaël, plus prompt que
tous, saisit la masse d'armes, l'arrache des mains
de Richard et la jette au loin.)

LE ROI, à Ismaël.

Téméraire!...

ISMAEL, gravement.

Je t'ai sauvé la vie et t'épargne un remord.

ENSEMBLE.

LE ROI.

A jamais de ma gloire
C'en est fait, ô malheur !
A peine j'en puis croire
Ma honte, ma douleur !

ÉDITH et LES FEMMES.

C'en est fait de sa gloire,
En ce jour de malheur !
A peine j'en puis croire
Mon effroi, ma douleur !

KENNETH.

A jamais de ma gloire
C'en est fait, ô malheur !
A peine j'en puis croire
Ma raison, ma douleur !

CHŒUR DES HOMMES.

C'en est fait de sa gloire,
En ce jour de douleur.
Au crime faut-il croire...
Ou plaindre son malheur ?

ISMAEL.

Vainement de sa gloire
On flétrit le malheur,
Ismaël ne peut croire
Au crime d'un tel cœur.

LE ROI, à Ismaël.

Ah ! d'un trépas trop noble encore
Tu faisais bien de le sauver ;
Sous une main qui déshonore
Devra couler le sang du traître que j'abhorre,
Pour que ma honte, à moi, puisse mieux s'y laver.

(A Kenneth.)

Toi, dont la lâcheté, dont la démence étrange
Laisse, au loin, à ton roi ramasser dans la fange

L'étendard que mon bras, sur ce mont solennel,
Plaça, vainqueur de l'homme, aux pieds de l'Eter-
    Pour le défendre, à la justice   [nel !
Que répondras-tu?

KENNETH.

Rien ; que la loi me punisse.

(Surprise et indignation des barons.)

Soit ! tu seras jugé sur l'heure en criminel !

ENSEMBLE.

LE ROI et LES BARONS.

Vengeance! justice !
Qu'un affreux supplice
Aujourd'hui punisse
Le vil déserteur !
L'échafaud réclame
Le gardien infâme !
Au traître, à son âme,
Mort et déshonneur !

KENNETH.

Ma honte est justice.
Ah ! que le supplice
Bientôt assouvisse
Sur moi leur fureur !
O ! coupable femme !
Ta faute en mon âme
D'une mort infâme
Augmente l'horreur !

ÉDITH, BÉRENGÈRE et LES FEMMES.

Ciel ! que ta justice,
D'un affreux supplice,
Ici l'affranchisse !
Calme leur fureur ;
Épargne à son âme,
Que la mort réclame,
D'un arrêt infâme
La honte et l'horreur !

ISMAEL.

L'humaine justice
Te voue au supplice !
Qu'Allah soit propice
Au noble malheur !
Arrachant ton âme
A l'arrêt infâme,
Mon vœu te réclame
Pour un sort meilleur !

(On vient prendre à Kenneth son épée.)

<hr>

TROISIÈME ACTE.

Intérieur de la tente de Richard. — Trois siéges au milieu de la tente, dont l'un est plus élevé que les autres.

SCÈNE I.

BÉRENGÈRE, ÉDITH.

BÉRENGÈRE.

Pourquoi m'entraînez-vous, Édith, sous cette tente
Dont l'accès redoutable à tous est défendu ?

ÉDITH.

L'épouse de Richard doit justice éclatante
A notre défenseur qu'elle seule a perdu.

BÉRENGÈRE.

Qu'exigez-vous ?

ÉDITH.

Il faut, par un aveu sincère,
Arracher l'innocent aux vengeances du roi.

BÉRENGÈRE.

Ah ! ne l'espérez point ! sous ce regard sévère
Ma bouche, je le sens, se glacerait d'effroi.

ÉDITH , faisant le mouvement d'entrer dans l'autre
partie de la tente.

Restez donc ! j'irai seule affronter sa colère.

BÉRENGÈRE , l'arrêtant.

Édith ! au nom du ciel , Édith ! pitié pour moi !...

DUO.

ÉDITH.

C'est en mon nom qu'une ruse cruelle
D'un chevalier trompa la loyauté.
Et par ma voix, à son malheur fidèle,
Jusqu'à Richard viendra la vérité.

BÉRENGÈRE.

Ah ! je déplore une faute cruelle !
Mais à Richard cachez la vérité.
Sa haine, hélas ! à mon cœur est mortelle.
Ah ! sauvez-moi d'un époux irrité !

Son nom est outragé ! faut-il donc qu'il apprenne
Que c'est mon imprudence, ô ciel !...

ÉDITH , avec autorité.

Il faut parler.

BÉRENGÈRE.

Oubliez-vous que je suis reine ?

ÉDITH.

Non, je viens vous le rappeler !

Vous qui portez la couronne ,
Vous que son faste environne ,
Des saints devoirs qu'elle donne
Vous garderez souvenir.
Par la reine d'Angleterre
Richard saura ce mystère.
Dieu vous défend de vous taire
Quand l'innocent va périr.

Songez que l'heure presse,
Que ferez-vous pour lui ?

BÉRENGÈRE.

A sa noble détresse
Je promets mon appui.

ENSEMBLE.

Oui , je le dois, la couronne
De sa splendeur m'environne,
Des saints devoirs qu'elle donne
Je garderai souvenir.
Par la reine d'Angleterre
Richard saura ce mystère.
Dieu me défend de me taire
Quand l'innocent va périr.

ÉDITH.

Vous qui portez la couronne ,
Vous que son faste environne,
Des saints devoirs qu'elle donne

Vous garderez souvenir.
Par la reine d'Angleterre
Richard saura ce mystère.
Dieu vous défend de vous taire
Quand l'innocent va périr.

(Édith sort en voyant paraître le roi.)

SCÈNE II.

BÉRENGÈRE, LE ROI.

LE ROI, à un officier qui le suit.

Amenez le coupable.

BÉRENGÈRE, à part.

Ah ! je frémis d'avance.

LE ROI.

Assemblez le conseil.

(Entendant du bruit, et sans voir Bérengère.)

Qui , malgré ma défense...

BÉRENGÈRE, tremblante.

Monseigneur, pardonnez !...

LE ROI, apercevant Bérengère, d'un ton plus doux.

Apaise ton effroi.

AIR.

Ma colère devait t'épargner ce murmure,
A toi, rayon du ciel dorant ma sombre armure !
Fleur qu'au champ de bataille un Dieu jeta pour
moi ?
Viens ! pour calmer ses maux mon âme te deman-

BÉRENGÈRE.   [de .

Une bannière est-elle une perte si grande
Pour exciter tant de douleurs ?
Ce trésor, ordonnez que ma main vous le rende,
Et je vais semer l'or sur vos nobles couleurs.

LE ROI.

Mes couleurs ? que le sang en lave la souillure !

BÉRENGÈRE.

Pour le coupable, hélas ! n'est-il point de pardon ?

LE ROI.

Oses-tu le défendre ? Ah ! songe à notre injure.

BÉRENGÈRE.

Il a sauvé mes jours !...

LE ROI.

Il a flétri mon nom !

BÉRENGÈRE.

S'il n'était pas coupable ?

LE ROI.

Oh ! que dis-tu ?

BÉRENGÈRE.

Peut-être

Dans un piége surpris...

LE ROI, vivement.

Parle ! la vérité

Quelle est-elle ? et quel est le traître ?
Parle !...

BÉRENGÈRE, tremblante.

Je ne sais rien !...

(A part.)

Son regard irrité...

Je frémis !...

LE ROI.

De ton cœur tu trahis l'artifice.
Oui, ce perfide, en vain tu veux le protéger.
Mais, je n'ai qu'un devoir, c'est de faire justice ;
Qu'un désir, c'est de me venger !

(Bérengère s'éloigne sur un signe du roi, qui rentre
dans l'autre partie de la tente.)

SCÈNE III.

KENNETH, amené par des SOLDATS.

Richard l'ordonne, ici je viens attendre
Cet arrêt qui va me flétrir !
Il faudrait t'accuser, Édith, pour me défendre,
Je veux t'épargner... et mourir.

ROMANCE.

A son amour, folle espérance,
Mon cœur s'était abandonné,
Mais pour toujours à la souffrance
Un sort cruel m'a condamné.
La tendresse ni la prière
N'ont pu veiller sur mon berceau.
Hélas ! voici l'heure dernière,
Je marche seul vers le tombeau.

SCÈNE IV.

KENNETH, ISMAEL.

ISMAEL.

Du courage !

KENNETH.

Ismaël !...

ISMAEL.

Faut-il donc te redire
Qu'il te reste un ami ; qu'un ami, c'est l'espoir ?

KENNETH.

Ah ! la pitié vers moi t'a su conduire !...

ISMAEL.

Ce n'est pas la pitié.

KENNETH.

Qui t'amène ?

ISMAEL.

Un devoir.

DUO.

ISMAEL.

Dans un moment ta mort, peut-être,
Va terminer tant de malheurs,
Et ceux dont le ciel t'a fait naître,
Restent cachés à tes douleurs.

KENNETH.

Oui, tu l'as dit ! ma mort, peut-être,
Va terminer tant de malheurs,
Et ceux dont le ciel m'a fait naître
Restent cachés à mes douleurs.

ISMAEL.

Jusqu'ici, sans danger, tu ne pouvais apprendre
Ta naissance et ton nom, d'un seul homme connus ;
Il te servit de père, il venait pour te rendre
Ce nom tant désiré...

KENNETH.

Qui l'arrête ?

ISMAEL.

Il n'est plus !

KENNETH.

Dunstan !...

ISMAEL.

Pauvre vieillard jeté sur ce rivage
Par la tempête, à ma tente sauvage
Il s'est traîné ; ses bras mourans
M'ont légué pour toi ce message
Qui dit à l'orphelin le nom de ses parens.

(Il lui présente un écrit cacheté.)

KENNETH, prenant l'écrit.

Se peut-il !... mes parens !

ROMANCE.

DEUXIÈME COUPLET.

Pour le mourant un espoir brille,
Oui, ta bonté, Juge éternel,
En me rendant une famille
Semble déjà m'ouvrir le ciel !
Lisons !... Mais je m'abuse !...
A cet espoir si doux
Mon malheur se refuse !
O mes aïeux !... sur vous
De l'arrêt qui m'accuse
Retomberaient les coups.
Non !... Du crime que je vous cache
A moi la honte et le fardeau !
Ce nom sacré, qu'il soit sans tache
Je l'efface de mon tombeau !...

(Il déchire l'écrit.)

ISMAEL.

Qu'as-tu fait ?... O démence !....

KENNETH.

Seul, je saurai souffrir !

ISMAEL.

Ta dernière espérance !...

KENNETH.

Avec moi doit mourir.

ENSEMBLE.

A jamais sur ma tombe,
Que la honte retombe.
Pour Édith je succombe ;
Dois-je encor murmurer ?
Méprisant ma détresse,
L'ingrate me délaisse...
Que ma mort vengeresse
La force à me pleurer.

ISMAEL.

Noble cœur ! Il succombe !
Mais au bord de la tombe,
Quand sur lui tout retombe,
J'ose encore espérer.
L'amitié vengeresse
Sur lui veille sans cesse.
Secourons sa détresse,
Sachons le délivrer !

SCÈNE V.

LES MÊMES, LE ROI, BARONS, réunis en conseil
de guerre, SOLDATS ANGLAIS.

(Quatre siéges sont apportés à côté des autres. Les
chevaliers s'y assoient en même temps que le roi.)

FINALE.

CHOEUR.

De la justice inexorable
Voici l'instant.
Implorons tous pour le coupable
Dieu qui l'attend.
Quand sa rigueur au glaive infâme
Livre un mortel,
Le repentir, gardien de l'âme,
L'emporte au ciel.

LE ROI, du fauteuil où il s'est assis.

Princes, barons, soldats, mon antique bannière,
Parmi les peuples et les rois
Au combat toujours la première,
N'a laissé passer que la Croix.

L'honneur de la garder était promis d'avance
Aux plus nobles de vous ; un obscur étranger
De la reine, au désert, avait pris la défense.
J'ai pensé, lui donnant ma gloire à protéger,
Qu'aux grands cœurs une récompense
Se mesurait par le danger.

Eh bien ! sur sa couche brûlante,
Quand Richard gisait épuisé,
Dans l'ombre une main insolente
Renversait son drapeau brisé.

Et lui qui, près de ma bannière,
Dut mourir, martyr ou vengeur,
Du jour il revoit la lumière,
Et sans blessure, et sans honneur !

Toi qui donnes avec la gloire
Des devoirs à la royauté.
Dieu, qui fais gagner la victoire,
Fais-nous briller la vérité.

(A Kenneth.)   [mystère
Approche, et défends-toi ! Dis-nous par quel
Tu t'es perdu !...

KENNETH.

Je dois me taire.

LE ROI.

De son poste un soldat ne pouvait être absent.
Dis que, par des félons, tu fus surpris dans
                          [l'ombre.
Pour trace de la lutte où tu cédas au nombre,
Sur tes mains montre-moi leur sang.
    (Silence de Kenneth.)   [qu'un lâche ?
Eh quoi ! pas un seul mot ?... Mais n'es-tu donc

KENNETH, avec indignation.
Moi !...

LE ROI.
Parle donc !...

KENNETH.
Ce bras, infidèle à sa tâche,
Pour sauver son drapeau n'a fait aucun effort.

LE ROI.
Es-tu seul coupable ?

KENNETH.
Oui.

LE ROI.
Qu'espères-tu ?

KENNETH.
La mort !

LE ROI.
Plus de clémence ! Enfin, la justice a son heure.
Nos doutes par lui-même ici sont dissipés.
Justement condamné... qu'on l'entraine et qu'il
    C'est un traître !   [meure.

SCÈNE VI.

LES MÊMES, ÉDITH, entrant rapidement, suivie de
BÉRENGÈRE.

ÉDITH.
Vous vous trompez !

TOUS.
Édith !...

ÉDITH.
De lâcheté son cœur est incapable !
Un ordre qui, pour lui, devait être sacré,
A son poste arracha le soldat égaré.
Par le trône abritée, une femme coupable
Dans un piége fatal entraina son amour ;
Il crut défendre encor des jours chers à vous-même.
Pour elle il s'est perdu !

LE ROI, regardant la reine.
Qu'elle tremble à son tour...
Elle seule est coupable.

ÉDITH.
En cet instant suprême,
Elle pleure à vos pieds !...

BÉRENGÈRE, bas, à Édith.
Grâce, Édith !

LE ROI, toujours les yeux sur la reine.
Cet effroi !...

ÉDITH.
Mais il faut qu'elle parle et soit, par son courage,
Digne du noble amour que tout son cœur partage.

KENNETH.

Qu'elle partage... ô ciel!...

LE ROI.

Cette femme ?...

ÉDITH.

C'est moi !...

ENSEMBLE.

ÉDITH.

Oui, plutôt qu'il périsse
Dans un lâche abandon,
En m'offrant au supplice,
J'obtiendrai son pardon.

BÉRENGÈRE.

O noble protectrice!
Pour Kenneth, pour mon nom,
En s'offrant au supplice,
Elle obtient un pardon.

ISMAEL.

Il t'offrait son supplice,
Tu lui rends le pardon ;
Un pareil sacrifice
Est digne d'un tel don.

LE ROI.

Se peut-il ! d'un complice,
Pour gagner le pardon,
Elle s'offre au supplice...
Elle flétrit mon nom.

KENNETH.

Elle s'offre au supplice,
Protège, Dieu si bon,
La noble protectrice
Que perdrait mon pardon.

CHOEUR.

Se peut-il, d'un complice
Pour gagner le pardon,
Elle s'offre au supplice
Et flétrit un beau nom !

LE ROI.

Ainsi donc, devant tous, Édith se déshonore !

ÉDITH.

Se déshonore-t-on en sauvant son époux ?

TOUS.

Son époux !...

LE ROI.

Pour l'obscur orphelin qui lui-même s'ignore,
Une Plantagenet affronte mon courroux !
Avec lui, désormais, quelle place est la tienne ?

ISMAEL, s'avançant.

Un trône !...

(Mouvement général.)

Enfin, pour lui, le sort change sa loi.
Kenneth ici n'est plus ! Que ton nom t'appar-
[tienne.
David, fils de Malcolm, l'Écosse attend son roi !

KENNETH, avec transport.

Pour elle, une couronne !...

ISMAEL.

Oui, que David retrouve,
Vivant en moi, l'écrit que Kenneth déchira.
C'est à moi que Dunstan l'a dicté.

LE ROI.

Qui le prouve ?

ISMAEL, la main sur la poitrine.

Un témoin reste encor, dont le nom suffira.

LE ROI.

Quel est-il ?

ISMAEL.

Des combats la fanfare éclatante
Te le dira.

(Bruit de trompettes.)

LE ROI

Quel est ce bruit soudain ?

ISMAEL.

C'est la fin de la trève.

(Il se dirige vers le fond.)

LE ROI.

Où vas-tu ?

ISMAEL.

Sous ma tente.

LE ROI.

Où te retrouverai-je ?

ISMAEL.

Aux plaines du Jourdain.

LE ROI.

Quand ?

ISMAEL.

Au prochain combat finira ton attente.

LE ROI.

Ton rang ?

ISMAEL.

Est le premier.

LE ROI.

Et ton nom ?

ISMAEL.

Saladin !...

(Pendant ces derniers vers, la tente s'est ouverte et
a laissé voir au dehors des écuyers arabes, ame-
nant un cheval richement caparaçonné. Saladin
s'élance sur son cheval et disparaît. — Cri général
aux armes ! — La toile baisse.)

FIN DE RICHARD EN PALESTINE.

La musique et les morceaux détachés de la partition de *Richard en Palestine* se trouvent au bureau central de musique, 29, place de la Bourse.

Paris. — Imprimerie de BOULÉ et Cᵉ, rue Coq-Héron, 3.